AF507712

TRATAMIENTO DE CHOQUE

TRATAMIENTO DE CHOQUE

Oti Yatos

Primera edición: junio de 2021

ISBN: 978-84-09-31287-0
Depósito legal: B 10934-2021

Para contactar con la autora:
  pensaben100@gmail.com

Cuando me paro a contemplar mi estado
y a ver los pasos por donde he venido,
me espanto de que un hombre tan perdido
a conocer su error haya llegado.

Cuando miro los años que he pasado,
la divina razón puesta en olvido,
conozco que piedad del cielo ha sido
no haberme en tanto mal precipitado.

Entré por laberinto tan extraño
fiando al débil hilo de la vida
el tarde conocido desengaño;

mas de tu luz mi oscuridad vencida,
el monstruo muerto de mi ciego engaño
vuelve a la patria, la razón perdida.

Lope de Vega

Índice

RECETA

Me encanta mirar recetas de cocina y pensar: «Esto tiene que estar muy bueno»; soy una gran cocinera imaginaria. También me encanta hacer experimentos en el laboratorio; no hay más que seguir el procedimiento. En el fondo, es cuestión de seguir la receta, así que lo que voy a hacer es escribir una receta, una receta de cómo vaciar a alguien de sí mismo. Para algunas personas no existe un placer más absoluto y una sensación de poder igual; bueno, sí, sí la hay: vaciar a mucha más gente. Yo no quiero hacerlo, pero quiero escribir esta receta. Solo quiero hacerte preguntas.

FACHADA

1. f. Paramento exterior de un edificio, especialmente el principal.

2. f. coloq. presencia (|| talle, figura). Fulano tiene gran fachada.

3. f. Portada de un libro.

Diccionario de la lengua española de la ASALE

Él

¡Qué bien me porto en el trabajo! Soy muy majo y eficiente, escucho a mis compañeros y, cuando me tienen confianza, los ayudo a resolver sus problemas. Se me saltan las lágrimas oyendo el concierto de Año Nuevo. Me visto bien para ir a trabajar, no demasiado elegante, no hay que desentonar. Sé que estoy bien valorado y eso que he llegado hace poco. También sé que V. me envidia porque me han dado a mí el cargo que él quería; tengo que estar atento. Mientras estoy pensando esto, entro y os dedico a todos mi mejor sonrisa.

¿Cultiva una imagen pública irreprochable y, a la vez, es pelota, sutil o descaradamente, con algunas personas? ¿Puede reírse de sí mismo? ¿Le sienta bien que se rían de él aunque sea de forma inofensiva? ¿Es capaz de tomarse a sí mismo en broma? ¿Se cree tan perfecto como la fachada que representa? ¿Esta le sirve para encandilar, parapetar sus intenciones, no despertar sospechas?

Cuando pase mucho tiempo, Ella se dará cuenta de que el cuerpo nos traiciona y de que hay un microsegundo en el que se da ese gesto que no concuerda, esa postura que no casa, algo que entonces no era capaz de captar, pero que estaba ahí.

Ahora debería describir a la abnegada protagonista y recrear sus suaves facciones, los cabellos ondulados y, por supuesto, su gran atractivo físico. También sería necesario localizar la acción mediante la descripción del paisaje y del paisanaje que los rodean a los dos, pero no estoy escribiendo una novela. Diré que podría ocurrir en cualquier parte, que el parentesco podría ser cualquiera, que Él podría ser Ella y viceversa, y que me da la santa gana de que Ella no sea una belleza, sino que se pueda considerar del montón.

ACECHO

El rececho consiste en ir a la búsqueda y captura de un determinado ejemplar, el que cumpla las condiciones [...] (en cuanto a sexo, edad, trofeo o selectiva) [...].

Una vez identificado el ejemplar que se tenga que abatir con la ayuda imprescindible de los binóculos, se inicia un minucioso acercamiento para tener el animal a la distancia justa que permite disparar con suficientes garantías de éxito.

(«Métodos de caza»)*

Ella

Sé cordero y comerte ha el lobo.

Refranero popular

¡Qué suerte he tenido! No es que sea amable solo conmigo, sino que lo es con los demás. Cuando estamos en grupo, escucha y observa. Creo que es muy prudente y muy ético. Yo siempre estoy en el lío diciendo paridas e intentando pasarlo bien. Reconozco que no soy tan detallista como él, que siempre me sorprende de alguna forma. La verdad es que empieza a gustarme mucho.

Quiere saber debilidades de los demás, pero ¿no cuenta nunca las suyas? ¿Alguna vez utiliza en tu contra algo de lo que le has contado? ¿Podría ser que, cuando observa sin participar o exponerse, esté recabando información, eligiendo presa?

---

* Extraído de http://agricultura.gencat.cat/es/ambits/medi-natural/casa/guia-cacador/metodes-casa/

SE PODRÍA pensar que está receta parece el cuento de Caperucita, pero hay que tener un poco de paciencia para apreciar que la base del plato que se prepara es la sutilidad.

UTILIDAD

Los demás son, simplemente, aparatos que proporcionan una utilidad, como si se tratara, por ejemplo, de un secador; por eso son intercambiables en cuanto dejen de funcionar como se desea o se encuentre un aparato con mejores prestaciones.

Él

¿Por qué te elijo a ti? Sencillamente, quiero hacer mi vida y, a la vez, quiero ser como los demás. Eres muy fácil de manejar y no me darás problemas. Podré hacer lo que quiera y estar tranquilo. Esto lo pienso mientras te echo el brazo al hombro cuando caminamos de vuelta a tu casa.

¿Te cuesta pensar que existan personas que ven a los demás como instrumentos o aparatos? ¿Por qué te resulta difícil? ¿O piensas que, en cualquier caso, no será alguien cercano a ti, que te habrías dado cuenta?

JUSTIFICACIÓN

> El hombre es capaz de torturar a otros seres humanos, pero también siente la necesidad de justificar lo que está haciendo. Parece ser que existe una condición para la tortura: que el torturador tenga una visión del mundo, no importa cuán cruda sea, que divide a los hombres en torturables y no torturables. Esta distinción puede estar basada sobre las múltiples formas de distinguir a un hombre de otro: puede ser la raza, el color, la nacionalidad, la clase, las creencias diferentes, usualmente políticas o religiosas. El torturador representa los buenos valores y, en el acto de torturar, los defiende. La víctima no ha sido elegida, no es humana.
>
> (Amnesty International, *Report on Torture*)

Él

Tengo derecho a hacer lo que quiera. Pero eso no te lo puedo decir.

> ¿Le gusta la jerarquía? ¿Quiere ser de los fuertes? ¿Desprecia a los débiles, pero es difícil que lo admita abiertamente? ¿Le gusta pensar, aunque también lo oculte por prudencia, que pertenece a la tribu de los más guapos, más capaces, más inteligentes, más racialmente puros, más preparados, con una moralidad más elevada, en definitiva, a los superiores? ¿No te parece a veces que tiene una mentalidad muy infantil?

RESULTA CURIOSO que quienes son capaces de torturar a alguien necesiten humanizarse, sobre todo ante sí mismos: que si tengo una mochila emocional, que si ha sido un sacrificio necesario por la patria, que si mi madre no me quería... Es paradójico; los capaces de ser más bestias con otros necesitan una excusa para humanizarse y los que son incapaces de tanta brutalidad se asustan de su bestialidad imaginaria. ¡La releche!

Ella

Este fin de semana ha estado muy bien. Me recogió al salir del trabajo y no quería decirme adonde íbamos. En los últimos kilómetros me ha pedido que cerrara los ojos y, cuando he podido abrirlos, estaba delante de un hotel precioso en la montaña. Él lo tenía todo previsto.

Él

Bueno, esto va bien. He pasado un fin de semana con Ella, está encantada. Hoy iré a la oficina central, donde trabaja S. Tengo que conseguir que me haga caso. He comprado entradas para un concierto del grupo que le gusta y creo que podré convencerla para que salga conmigo. ¡Qué buena está! Además, Ella no se entera de nada; la tengo en el bote, la llamo casi todos los días, pero, a pesar de que vivimos cerca, solo quedamos dos o tres días a la semana. Le digo que tengo que concentrarme en terminar mis proyectos. Eso me deja campo libre. ¡Es tan fácil!

Ella

Me ha presentado a su familia. He ido a comer algunas veces y a pasar algunos ratos los fines de semana con ellos. Es tan distinta a la mía; hay armonía. Los domingos, la madre hace un pastel para merendar. Él me cuenta que, hasta que fueron mayores, todos los domingos salían con su padre en bicicleta mientras su madre preparaba la comida. Después iban a casa de sus abuelos paternos a pasar la tarde.

En casa de mis padres digamos que apreciábamos más el teatro que la repostería. Los domingos también solíamos tener drama: o bien mi madre se quejaba amargamente de que mi padre no la llevaba a ningún lado, y así acabábamos pasando el día: sin ir a ningún lado, o bien tenía un ataque, decía que se le ponían los nervios en el corazón y tenía que ir a urgencias; así que, por fin, íbamos a algún sitio: mi hermana o yo íbamos con ella a urgencias. Cuando fui más mayor, mi madre me contó que mi padre a veces se iba de putas con los compañeros de la fábrica. Yo pensaba: «Y, entonces, si es un trozo de mierda, ¿para qué querías que te sacase a pasear?».

Así que me sentía feliz cuando estaba pasando la tarde con el hijo favorito, el más listo, el más guapo, el más brillante de la familia ideal, y deseaba que hubiera sido la mía.

> ¿Al principio no es todo, todo, maravillosooo, maravillosooo, maravillosooo?

PERSUASIÓN

ANTES DEL aislamiento, hay que ir persuadiendo de qué decisiones se deben tomar y hay que pulsar pequeños límites para ver si es posible ir más allá.

Él

Ya sé que no estás a favor del matrimonio, pero te vas a casar conmigo y por la Iglesia. Mis amigos están casados y mi hermano se casa en enero; ¿cómo puedo ser el último?

—¿Qué, nos casamos? —te he preguntado esta mañana.

Ella

Desde luego, no estoy a favor del matrimonio. El de mis padres es un infierno y en el caso de mi hermana, su boca siempre repite las ideas de su marido y hace años que ha dejado de parecerse a sí misma para parecerme una extraña. Entonces, me pregunto por qué iba yo a casarme. Supongo que porque lo que quiero es que estemos juntos y casarme me parece una concesión que no cambiará prácticamente nada. Así que me voy a casar.

¿Has hecho algunas concesiones que no te parecen demasiado importantes, pero con las que, en el fondo, no estabas de acuerdo?

A VECES nos damos cuenta porque la persona que no es, que ya no tiene voluntad, es nuestra hermana o un amigo, pero preferimos pensar que ha elegido y que es feliz con su elección, que le gusta sufrir, y pensamos: «Pues sufre nomás, pendeja».

AISLAMIENTO

SIN UN punto de referencia en el horizonte, cuando nos perdemos caminamos en círculo y volvemos al punto inicial. Si queremos llamar la atención de alguien, utilizamos los reclamos habituales: las miradas, los gestos...; si queremos secuestrar la atención de alguien, tenemos que eliminar los estímulos que puedan distraerla, derribar los postes que sirvan de referencia, lograr que la atención camine en círculo. Es asombroso nuestro funcionamiento; ¡es tan mecánico!

Él

Te has venido a vivir a mi piso.

—A ver, las normas. Las persianas del salón, esta tiene que estar siempre bajada porque, si no, la vecina, que es muy cotilla, nos puede ver; y estas en invierno también porque se va mucho el calor. Pasamos a la cocina, sigamos...

Ella

¡Uf, cuantísimas normas!

Pero, como he vivido en muchos pisos en mi época de estudiante, estoy acostumbrada a ser flexible y no me parece un problema muy importante. Además, Él estará acostumbrado a las reglas que tenían en su casa, aunque me pregunto si es normal tener tantas normas.

El piso es bonito y soleado. Parece una urna, una urna en una urbanización. ¡Qué boberías se me ocurren!

¿Intenta que des prioridad a estar en vuestro mundo que a estar en el mundo? ¿Renuncias a oportunidades laborales que impliquen alejarte por un tiempo? ¿Sin saber muy bien por qué comienzas a frecuentar mucho más a sus amigos y familiares que a los tuyos? ¿Empiezas a pensar que todo lo que tiene que ver con Él es maravilloso?

TEMPO

Tempo: En terminología musical, movimiento o aire. Hace referencia a la velocidad con la que debe ejecutarse una pieza musical. Se trata de una palabra italiana que, literalmente, significa 'tiempo'.[*]

HAY QUE dominar el tempo. La destrucción de la autoestima y la creación de dependencia deben ir aumentando a un ritmo eficiente. Si se estira demasiado fuerte y demasiado pronto, podría romperse la cuerda. El tempo depende de cómo y en qué punto esté Ella.

Andante grazioso. Cuando ya está en posición, empieza el baile.

Ella

Sorprendida. No se ha acostado conmigo ni un solo día de nuestro viaje de novios. Supongo que se debe a que se enfadó conmigo el primer día, pero ya no puedo recordar la razón, seguramente porque me pareció más una excusa que un motivo.

La atmósfera estaba tan enrarecida que tenía la sensación de haber elegido como destino el paquete completo a Marte.

Aun así, cuando lo recuerde, sabré que pasé el viaje intentando que saliera bien. Asombra comprobar cómo lucha nuestro cerebro por mantener la coherencia. Es como cuando tenemos que completar un dibujo porque hay una línea inacabada que nos desasosiega.

Él

Ya tenía ganas de volver a casa. Se me ha hecho largo. ¿Por qué me he casado con ella? No está a mi altura. Yo me merezco mucho

---

[*] Extraído de https://www.definicionabc.com/audio/tempo.php

más. Ahora no puedo dar la campanada. ¿Qué dirían de mí? Hay que seguir adelante.

¿El factor sorpresa te hace pensar al principio que lo que has visto ha sido un espejismo, una incoherencia que te apresuras a negar? No, no puede ser.

MONOPOLIZACIÓN DE LA PERCEPCIÓN

Para secuestrar del todo su atención, es necesario que sus sentidos solo respondan a nuestra llamada, que solo perciba nuestros cantos de sirena.

Ella

> Cuando adoptas las normas (estándares) y los valores de alguna persona, comunidad o grupo de presión, rindes tu propia integridad y te conviertes en la medida de tu rendición, en menos que un ser humano.
>
> Eleonor Roosevelt

Zombi.

Entro casi corriendo al restaurante.

—Tenía tantas ganas de verte, B. Perdona que llegue tarde.

Él me ha llamado justo antes de salir y me ha pedido que le buscara un papel que necesita muy urgente. Eso me ha hecho retrasarme, pero no se lo voy a decir a B.

—Bueno, no pasa nada. ¿Cómo estás? —me dice B.

—Bien, corriendo como siempre. ¿Y tú, qué? Te han dado el proyecto, ¡qué bien! ¿Cuándo empiezas? ¡Estoy muy contenta!

Ni la escucho. Estoy preocupada; asiento y sonrío mientras me va explicando todo lo del proyecto. Mi cabeza está en Él. Esta mañana se ha ido sin decir nada. ¿Qué le pasará?, ¿estará nervioso por el trabajo o será otra cosa? B. sigue hablando de sus hijas, de las vacaciones, pero yo sigo pensando en Él, en qué podría hacer para animarle. A no ser que esté enfadado conmigo, ¿no? Además, tendré que preguntarle qué vamos a hacer con el colegio de las niñas; yo no sé cuál será mejor para ellas.

¡Ay!, casi me despisto. B. me propone que vayamos un fin de semana a su casa de la playa.

—Hace mucho que no vamos —me dice.

—Ya sabes que por mí encantada, pero Él tiene mucho trabajo; tengo que preguntarle si le va bien. Te digo algo en dos días.

Me duele darle excusas porque a mí me encantaría ir, pero sé que Él no querrá. Al fin y al cabo, yo sé que tiene razón: B. es mi amiga y Él se aburre. Si fuera con sus amigos, sería distinto, aunque las niñas se perderán estar con las de B.; ¡con lo bien que se lo pasan y, además, en la playa!

—¿Qué tal te va el teatro? Vas todos los martes, ¿no? —me pregunta B.

—No, es que... Él tenía que quedarse con las niñas y está muy cansado, así que no me da tiempo. Lo he dejado. Aunque tuviera que dejar la cena hecha y salir corriendo, valía la pena, pero es que no puede ser.

Lo peor es que ha habido ratos en que me he desconectado totalmente de la conversación y creo que B. se ha dado cuenta. Me conoce de toda la vida. Ha levantado la mano y ha pedido la cuenta, y eso que me estaba muriendo por contarle lo bien que le va a Él en el trabajo y que le han hecho presidente del club de pádel, pero no me ha dado la oportunidad.

¿Actúa como si estuviera celoso?, ¿saca las cosas de quicio?, ¿se enfada y espera que sepas por qué?, ¿dice cosas que hacen que te vuelvas introspectiva?, ¿hace que sea casi imposible para ti hacer esas cosas que están fuera de los límites? ¿Te manda mensajes, te llama cuando estás con amigos, aparece inesperadamente, te provoca sentimientos incómodos? ¿Él se sirve de cualquier cosa que esté en su mano para forzarte a cumplir y, al mismo tiempo, hacer que parezca que eres tú quien elige cumplir?

Ya casi está secuestrada su atención. Ella ha perdido la visión panorámica y está mirando a través de un agujero muy pequeño. En el fondo, esta receta es muy sencilla.

REFUERZO INTERMITENTE

> Ferster y Skinner (1957), en sus experimentos con animales, demostraron que estos presionaban una palanca para recibir alimento de manera más constante cuando no sabían cuándo llegaría el siguiente comprimido de alimento que cuando lo obtenían como consecuencia inmediata de presionar la palanca. Es decir, si la recompensa es impredecible, tendemos a trabajar más por ella que si es predecible.
>
> (Ferster *et al.*, *Schedules of Reinforcement*)

SIGAMOS CON la receta. El tratamiento ha de ser constantemente variado; en eso consiste el refuerzo intermitente: un día, amable, simpático y colaborador, y en el minuto siguiente, rabioso, humillante, atacante, con gestos de cariño seguidos de odio inexplicable, sin provocación alguna.

Ella

> La naturaleza no provocada, el momento impredecible y la incontrolabilidad de los ataques contribuyen al lavado de cerebro.
>
> (Mega *et al.*, «Brainwashing and Battering...»)

Confusa. Ahora dice que me quiere muchísimo. Yo me pregunto cómo podría hacer para que las cosas funcionasen, porque estos días me parece estar en el paraíso.

Él

Estos días tengo mucho trabajo, voy a tope, quiero tranquilidad en casa.

¿Después de hacer una escena brutal, pide disculpas, se excusa, se comporta como una criatura desvalida que apela a tu instinto de protección?, ¿piensas que si haces todo lo posible porque las cosas mejoren tendrás tu recompensa?, ¿dudas del sufrimiento que has pasado en los momentos infernales cuando te quiere demostrar que el suyo es mucho peor?, ¿estas recompensas esporádicas aumentan tu dependencia por esa persona y tu adicción a luchar por conseguirlas? ¿Sabías que el condicionamiento descrito por Skinner también funciona en humanos?

TRATAMIENTO DE SILENCIO

> El tratamiento de silencio, aunque sea breve, activa la corteza cingulada anterior, la parte del cerebro que detecta el daño físico.
>
> (Williams *et al.*, *The social outcast...*)

CONSISTE EN usar el silencio para castigar y ejercer poder sobre esa persona.

Él

¡Ya está otra vez esta pesada!, que quiere hacer el amor o al menos alguna muestra de cariño y venga a preguntar: «¿Qué te pasa? Hace mucho tiempo, hablemos».

Yo me mantengo impasible mientras tú esperas y se te van llenando los ojos de lágrimas. Si supieras lo que estoy disfrutando. Y ahora desbarrarás y te enfadarás. «¿Por qué no me contestas? Háblame, por favor». Tu impotencia va subiendo. Yo sé cuándo llega el máximo: cuando ya te derrumbas llorando desesperada. Hay que esperar, pues entonces llega mi momento: «¿Ves cómo te pones? Es que yo te quiero, pero así... No inspira mucho». Entonces tú me pedirás perdón por haberte puesto así, que me quieres mucho, que no soportas que yo esté enfadado. ¡Madre mía! Si supieras el asco que me das. Pero he de disimular y te acaricio el pelo mientras te vas tranquilizando y piensas que te quiero. Yo te repito que todo se arreglará y te duermes tranquila como una borrega.

Ella

Desde que nos casamos el sexo ha pasado a ser prácticamente inexistente. No lo entiendo. ¿Qué pasa? Si no digo nada, no hay. Si digo que no comprendo qué está pasando, dice que está preocupado por el trabajo, que está un poco estresado, que le presiono; vaya, que así tampoco hay.

Al cabo de un tiempo me conformo. Solo cuando Él quiere y eso es raras veces. Al principio, mi cuerpo sentía frustración; después y por muchos años, tristeza; finalmente, decidió dejar de sentir y lo consiguió, y se convirtió en un tejido blando y poroso como los que se utilizan para rellenar los colchones.

Muchos años después, descubriré que la única de los dos que está sin sexo soy yo y que su actitud es un castigo. Al menos, a partir de ese momento mi colchón poroso no le desea nunca más.

¿Dirías que te castiga sin sexo? ¿Te sientes impotente cuando no te contesta? ¿Dirías que te ningunea de diversas formas y cuando eso te lleva al límite te reprocha tu falta de contención si al final lloras o te pones patética?

NEGACIÓN

> La mejor y la más común resistencia al dolor y al estrés, de alta o de baja intensidad, es la simple negación de que haya dolor o estrés.
>
> (Amnesty International, *Report on Torture*)

Ella

Estamos pasando parte de las vacaciones de Pascua en el pueblo y quiere volver a casa unos días antes. Lo comprendo. Ha llamado una amiga del pueblo y le ha ofrecido hacer el viaje juntos ese mismo día. Él no quiere. No hay ningún problema, pero se ha puesto a gritar frenético y se ha marchado porque quería volver solo. Nos ha dejado a las tres en el huerto, sin despedirse, plantificadas como las plantas. Se ha puesto así porque lo hemos puesto nervioso. A él no le gusta depender de nadie para irse.

Cuando hemos vuelto a la casa, he tenido que explicar que se había ido ya.

—¿Sin recoger sus cosas? —me ha preguntado mi madre.

—Sí.

Luego, a solas, mi madre me ha dicho:

—Te tiene dominada.

¡Anda! ¡Quién será ella para decir nada! Además, no es verdad. Yo sé qué es lo que pasa. Mi madre me tiene envidia porque a mí me va bien en mi matrimonio y el suyo ha sido un completo fracaso.

Quedan cuatro raros días de vacaciones.

Él

Al cabo de tres días te llamo, aunque me extraña que tú no me hayas llamado antes para arreglarlo todo, y me disculpo:

—Me he pasado.

Te digo que nos peleamos como en todas las familias, que esto es totalmente normal.

¿Niegas que lo que hace se sale de lo normal? Y Él también lo niega, ¿no?

HACER CUMPLIR DEMANDAS TRIVIALES E INSISTIR EN SU CUMPLIMIENTO

> Todo mediocre descubre, antes o después,
> la esencia misma del poder:
> poder es poder hacer sufrir.
>
> Jorge Wagensberg

Él

¡Joder!, ese tío es gilipollas. Me ha echado la bronca, ¡a mí!, por no pasarle bien el pedido. ¡Puta mierda! Y ahora a cenar, son las ocho y media. Le tengo dicho que quiero cenar a las ocho. Bueno, eso realmente no me importa, pero sé que a las ocho no le da tiempo y así la mantengo en tensión. La cena empieza bien. Las tres están de buen humor, pero yo estoy pensando en ese gilipollas; ¡y estas de qué se ríen! Ya se han dado cuenta de que no estoy de buenas. Empiezas a hacerte la chistosa, pero se te nota incómoda. Las niñas ríen, pero todas notáis mi cara de piedra. No abro la boca, no participo, aquí mando yo, y me estáis puteando con vuestras chorradas. No te atreves a preguntarme qué me pasa. Os da miedo la explosión porque sabéis que me pondré a gritar por cualquier cosa que me inventaré sobre la marcha; apartaré la silla de un golpe y me marcharé dando un portazo. Mañana te diré que quiero cenar todos los días antes de las ocho.

Ella

Estamos aquí pasando la tarde en el jardín comunitario con los vecinos. Es casi la hora de hacer la cena; son las siete, pero Él quiere cenar pronto, a las ocho, todos los días. Bueno, a ver qué excusa me invento. Estoy nerviosa; no quiero que se enfade.

¿Te pones de los nervios si no cumples con algunas cosas que te tiene dichas? ¿Pone muchas normas? ¿Las normas sirven para los demás, pero no para él? ¿Cuando las cumples tal como quiere, entonces se inventa otras nuevas?

MENTIR

Santo en plaza, demonio en casa.

Refranero popular

Él

He bajado al trastero para hablar con C. Al final hemos quedado, así que cuando he subido me he inventado una excusa: que iba a comprar pescado para la cena, o una pieza que me falta para arreglar no sé qué, y me he ido. Con hora y media me sobra para lo que quiero hacer. C. es del trabajo. Me va muy bien. Nadie en el trabajo lo sabe; eso me da más morbo. Llevamos un año así, más o menos, y piensa que la quiero, que estoy mal con Ella y que acabaré dejándola, ¡qué pánfila llega a ser! Hemos quedado en un área de servicio; de allí nos hemos ido a un camino que está cerca de mi casa. He vuelto a casa muy relajado. Soy el puto amo.

Ella

Es casi la hora de cenar, se ha ido a buscar no sé qué. Le he dicho:

—Vale, vale, hasta luego.

Durante muchos años no tendré la cabeza clara para darme cuenta de que miente a granel. Tendré incluso miedo de comprobarlo, me sentiré culpable por pensar mal y me dejaré manipular sin saber lo bueno que hubiera sido que se largara y no volviera.

¿Te hace sentir culpable si dudas de lo que dice? ¿Descubres que te has vuelto celosa, cuando tú no lo eras, y es porque hace cosas para fomentar que así sea, como flirtear, mentir, hacer como que se pone nervioso cuando coge una llamada? ¿En general, dirías que se prepara las trolas de manera eficiente, pero que con el tiempo falla por la excesiva confianza que tiene en sí mismo?

Y AHORA veamos el menú que puede utilizar:

· Comisión: Decir otra mentira como tapadera. Si tiene que irse inesperadamente porque ha quedado con alguien, dirá que tiene que ir a por una pieza para reparar no sé qué y es urgente.

· Omisión: No dice algo, un detalle importante. Te dice dónde ha ido, pero no a qué. Ha ido al banco, pero se *olvida* de comentarte que ha vaciado las cuentas.

· Influencia: Te dirá: «¡Cómo te voy a mentir si la familia es lo más importante para mí! ¿Tú me creerías capaz de hacer una cosa así?».

· Uso del silencio.

· Exageración: «¡Sí, hombre, y tengo tres novias, una en cada puerto!».

· Proyección: Te acusa a ti de lo que él hace: «¿Y no serás tú la que eres infiel? Porque el que piensa mal es porque algo tiene que ocultar».

· Justificación: Admite la mentira, pero te culpa a ti de todo: «He vaciado las cuentas porque ha habido muchos gastos imprevistos y, al fin y al cabo, tú no te ocupas de nada y yo me tengo que hacer responsable».

Pero la mejor de todas es que Él siempre le dice: «Todo se arreglará»

Es un cachondo.

CULPA

<u>**Él**</u>

Una mentira repetida mil veces se convierte en una verdad.

Joseff Goebbels

Me has puesto nervioso.

<u>**Ella**</u>

Sesgo de la verdad ilusoria: repetirte a ti mismo una cosa una y otra vez generará en tu mente, tarde o temprano, la creencia de que es verdad. Como siempre, funciona más con lo negativo que con lo positivo (sesgo de la negatividad); si te repites y vuelves a repetir: «Soy tímido» o «soy muy mentirosa», pasará a convertirse en una verdad en tu mente.

(Fazio et al., «Knowledge Does not Protect...»)

Le he puesto nervioso. Yo tengo la culpa. Sentimientos de culpa.

Es curioso: cuando salgo a cenar con las amigas puedo ver que lo mío es diferente. Puede que ellas tengan matrimonios que se desgastan —es un fenómeno natural—, pero esto es otra cosa. Incluso puedo criticarle, pero cuando llego a casa la culpa se apodera de mí y pienso que es mi mente la que piensa demasiado mal. Es como el campo gravitatorio: a distancia pierde intensidad y se deja de sentir su atracción inexorable.

Te propongo jugar al juego del chivo expiatorio. Consiste en adivinar a quién le va a echar la culpa de lo que hace. Como nunca nada es culpa suya, tiene que encontrar a alguien que cargue con ella, así que cada vez que adivines quién es el chivo ganas un punto. Si chilla y amenaza es porque le atacáis los nervios y no comprendéis por lo que está pasando; el chivo sois vosotros: 1 punto. Si le dan el puesto que quiere a alguien que sí tiene la preparación necesaria para ello es porque el que lo ha conseguido es un pelota (1 punto) y el jefe es un maniático (1 punto). Si distrae dinero de las cuentas bancarias es porque es más responsable que tú y sabe lo que tiene que hacer: tú eres el chivo (1 punto). Si estafa a un familiar y lo descubres, está enfermo (1 punto). Si te ignora sexualmente y te dice que se debe al estrés, pero descubres su adicción al porno, es porque está enfermo (1 punto). Si te engaña con otras personas es porque tú le has ignorado y ha tenido que aplacar su soledad (1 punto). Sigue jugando...

INDUCIR DEBILIDAD Y AGOTAMIENTO

> Hitler tenía un enorme talento para la sugestión. Como quiera que se califique el efecto que producía —carismático, hipnótico o demagógico—, lo cierto es que parece haber tenido un influjo al que la gente se rendía fácilmente (por ejemplo, dicen que hechizaba con la mirada). El mecanismo era el siguiente: primero uno se sometía a él y luego creía lo que decía. Él mismo lo explicó una vez: hay que hacer las concentraciones de noche porque la gente ya está cansada, y cree más y ejerce menos resistencia intelectual a todo lo que se le dice.
>
> (Fromm, *The anatomy of human destructiveness*)

Él

> Cansa a los enemigos manteniéndolos ocupados y no dejándoles respirar.
>
> (Sun Tzu, *El arte de la guerra*)

Estoy desayunando. Entra y le sonrío amable. No sabe que estoy esperando a que se siente a desayunar para sacar el tema.

Ella

La misma bronca, en *autoreverse*, días enteros, mañana, tarde, noche, sin fin, un sermón que va subiendo de tono y que ya me sé de memoria. Ni que pida perdón, ni que me enfade, ni que argumente, ni que intente ignorarlo, ni que Él en el fondo sepa que no tiene tanta importancia. He rallado el coche entrando muy rápido en un *parking*. Nada funciona, solo que cada vez hago la comida más cansada, voy a trabajar más cansada, me despierto más cansada, hasta que lo único que siento es cansancio, cansancio, cansancio.

¿Comprendes que dañar los componentes anatómicos y fisiológicos de la función corporal deteriora progresivamente el funcionamiento del cerebro y acelera el colapso de la voluntad y la moral?

DEGRADACIÓN

> Las repetitivas degradaciones disminuyen la autoimagen de la mujer maltratada. La mujer es llamada fea, gorda, basura, inútil. La baja autoestima creada por este lenguaje degradante puede llevar a las mujeres maltratadas a pensar que son indeseables e indignas. Permanecen con su abusador porque piensan que nadie más las querría.
>
> (Mega *et al.*, «Brainwashing and Battering...»)

Burlas e insultos

Ella

Fue hace años. Habían venido unos parientes de visita y los llevamos a tomar algo a la terraza del bar.

—Siéntate aquí, L., al lado de P. —dice el tío M.

—A esta ya la tengo muy vista, ja, ja —responde mi padre, que se sienta lo más lejos posible de mi madre.

No me hace ninguna gracia, pero, como es una broma tradicional, nadie dice nada y todo sigue como si tal cosa. Mi cabeza se escapa de la conversación y busca otras frases que me han indigestado la comida muchas veces cuando mi padre se las repetía a mi madre: «Tú no sabes nada», «esa mujer sí que vale», «estás loca»... Sigo buscando hasta que alguien me interrumpe con una pregunta y tengo que bajar a la tierra.

Más tarde, cuando estamos solas, le pregunto a mi madre:

—¿Por qué no te separas, mamá?

—¿Y dónde voy a ir yo? Ya no estoy a tiempo.

¡Qué tristeza se apodera de las dos!

Y lo más curioso es que muchos años después mi Él repetirá esa misma frase, «la tengo muy vista», con la carcajada correspondiente, en una reunión familiar y se sentará lo más lejos posible de mí para completar la gracia. Y volverá a hacerlo al año siguiente porque «mujer, ¡cómo te pones!, solo era una broma». No sabe que esa rabia sorda que me sube por la garganta, pero que no llega a estallar, hará que empiece a despertar del trance, comenzará mi tratamiento de choque.

Flirteo

Él

Estamos en la piscina comunitaria. Mientras hablo con N., a Ella le doy la espalda todo el rato: que se joda. N. está tendida en la hamaca y se tapa con una toalla; yo estoy de pie frente a ella, muy cerca, sé que la incomodo un poco porque, sin duda, se siente atraída por mí. Llevo la conversación y voy cambiando de tema, pero eso es lo de menos porque no existe nadie más en esa piscina. Se lo digo con los ojos. Muchas veces la llamo para quedar y tratar temas de la comunidad, aunque ella no puede porque no tiene tiempo, está casada y yo creo que teme su atracción por mí. Después Ella está haciendo la cena; me paso por la cocina y, sin venir a cuento, comento que no sé cómo N. puede estar casada con un hombre tan mayor, que no sé qué le puede ver. Me mira estupefacta, con el cucharón en el aire. Salgo de la cocina y hago mutis por el foro. Doble goleada.

Ella

Cuando he dejado el cucharón en la encimera, me he reído; no me he atrevido a hacerlo en alto, pero me ha entrado un ataque incontrolable de risa. ¡Y pensar que hace años me habría dado celos! Ahora su megalómana necesidad de reconocimiento me parece divertidísima.

Rechazar

> La base de un regate es la improvisación. El futbolista que regatea
> observa a su defensor y la situación en general y elige, en el mo-
> mento, cuál es el movimiento más adecuado para superar a su opo-
> nente. El regate suele incluir distintos tipos de amagues y estrate-
> gias para confundir al defensor.[*]

Él

Te rechazo de muchas formas.

Evito mirarte. ¿Te das cuenta de que no te puedo soportar?

Cuando quieres que te bese en la boca, te beso en la frente haciendo que te agaches frente a mí. ¿No ves que yo soy tu señor?

A veces violas mi espacio y me tocas cuando estoy desprevenido; entonces, me zafo de ti violentamente. ¿Tienes dudas de lo que
pienso de ti?

Si tratas de rodearme con el brazo, salto o forcejeo para desli-
garme. Si intentas abrazarme, me muevo a tu alrededor como si
fuera un jugador de baloncesto evitando un placaje, siempre con
un movimiento exagerado. ¿Dudas de que lo hago deliberadamente?

Ya no te dejo verme desnudo. Me gustaba que me vieras desnudo y que admiraras mi cuerpo. Ahora me comporto como una vir-
gen: uso pijama, siempre me envuelvo con una toalla y, si entras y
me pillas desprevenido, me cubro. ¿Entiendes que no te deseo?

Si me has cogido por sorpresa y has intentado abrazarme, no
habrá ningún gesto de retorno. Me pararé como un bloque de hie-
lo, con los brazos paralelos a los costados. ¿Te das cuenta de que
estoy ansioso por que este momento termine?

Si esperas para besarme y otros están mirado, un movimiento
de evasión podría destruir la fachada. Giro la cabeza para que no

---

[*] Extraído de https://definicion.de/regate/

te quede otra opción que plantar ese beso en la mejilla. ¿Entiendes que has bajado de categoría y ya no eres mi compañera íntima?

Alguna noche quieres acurrucarte a mi lado en el sofá. Entonces, yo me levanto y me muevo hacia un sillón tan pronto como empiezas a apoyarte en mí. Y, si intentas sentarte en mi regazo, te inclino y te deposito al lado, con un castigo de silencio por haber llegado demasiado lejos. ¿Qué más tengo que hacer para demostrarte que me das asco?

Ella

Demasiados años más tarde, veré esta lista de regates en internet copiados por alguien que los practica. Le reconoceré en ella y pensaré que hay una metodología para la maldad.

¿A veces se burla de ti o te insulta en privado? ¿Hace lo mismo en público, pero de manera sutil, para que parezca una broma que no puedes tomarte a mal? ¿Te somete a castigos degradantes? ¿Te niega la privacidad? ¿Te desprecia o te hace un regate cuando tratas de mostrarle cariño? ¿Adopta un tono condescendiente cuando te explica algo? ¿Flirtea a ser posible delante de ti? ¿Se refiere a su ex muchas veces para contar qué hicieron, por dónde pasaron o qué le gustaba hacer con ella?

LUZ DE GAS

Hacer luz de gas es una forma de abuso psicológico que consiste en presentar información falsa para hacer dudar a la víctima de su memoria, de su percepción o de su cordura.

Él

Aturdida. Te quedas mirándome igual que cuando sorprendes a un animal que cruza la carretera de noche y te mira confundido, paralizado.

—Pero ¿no te acuerdas? Te dije que iría este fin de semana al apartamento. Hay que reparar el bajante de la terraza. He quedado con el albañil.

Has querido contestar que no te lo he dicho, pero justo en ese instante has empezado a dudar. Hace dos días te dije que iría ayer para arreglar la persiana. Te veo nadando en la confusión, pero acabas diciendo:

—Vale, vale, de acuerdo.

Claro que no te lo he dicho. Últimamente cambio el motivo, la persona o el día. A veces, ni siquiera me acuerdo de la última mentira que te dije para cubrir el mismo hecho, pero ¡qué importa! Ahora ni siquiera necesito tener cuidado.

Ella

A ratos creo que me estoy volviendo loca. He estado a punto de decirle que no me había dicho eso, pero sabía que me miraría con cara de preocupación y me diría:

—Pero ¿no te acuerdas de lo que te digo?

Además, ya no estoy segura de nada.

Esto en el trabajo no me pasa, me despisto, más que antes, eso sí, pero no tengo estas confusiones tan grandes. No sé si hablarlo con alguien. Voy a esperar un poco, a tener vacaciones, quizás solo es estrés.

¿Crees que tienes problemas de memoria? ¿Piensas si estarás volviéndote loca?

49

DEMOSTRAR OMNIPOTENCIA

Control

> El núcleo del sadismo, común a todas sus manifestaciones, es la pasión por tener un control absoluto y sin restricciones sobre un ser vivo, sea un animal, un niño, un hombre o una mujer. El sadismo no tiene un objetivo práctico, no es trivial, sino devocional, es la transformación de la impotencia en la experiencia de omnipotencia, es la religión de los lisiados psíquicos.
>
> Poder puede significar poder sobre la gente o poder para hacer cosas. El sádico lucha por tener poder sobre las personas, precisamente porque carece del poder de hacer.
>
> (Fromm, *The anatomy of human destructiveness*)

Él

Vamos a ver, me preguntas por qué se toman decisiones que te atañen a ti también sin consultarte. Tomo algunas porque —a ver si lo entiendes— (te miro con paciencia) aquí hay un Estado Mayor que toma las decisiones. Y punto.

Ella

Control. Él controla el dinero y lo controla todo. Cuando le pregunto algo de las cuentas del banco o le cuestiono alguna decisión o le digo que hemos de decidir conjuntamente, ahí está: la ira salvaje. Cada vez tengo más ansiedad a la hora de plantear cosas en el terreno económico. Pienso que al día siguiente lo haré. Hasta la perspectiva de mirar las cuentas por Internet me pone muy nerviosa. Hace algún tiempo que me preocupo muchas noches por el futuro de las niñas: ¿podremos pagarles los estudios? Sé que no estoy haciendo nada para asegurarlo aparte de trabajar. No duermo bien. Siento vergüenza.

¿Sientes que tu destino y todas las decisiones están en sus manos? ¿Tienes miedo de quedarte en la ruina porque toma todas las decisiones económicas? ¿Da por hecho que has de estar de acuerdo con todas sus decisiones? ¿Si estás de acuerdo con lo que quiere eres buena persona y si no lo estás eres mala persona? ¿Te condena a un castigo cuando no haces lo que quiere o no estás de acuerdo con su divina opinión?

PAVOR

DDD (*Dependency, Debility and Dread*): dependencia, debilidad y pavor.

(Amnesty International, *Report on Torture*)

Ella

Hemos estado con sus padres. ¡Qué buen día hemos pasado! En el coche, cuando volvemos, pregunto:

—¿Qué podríamos hacer estas vacaciones?

De repente, todo cambia, empieza a gritar:

—¡Las vacaciones se piensan en enero! —Su cara se ha transformado.

Yo protesto débilmente:

—Pero si aún estamos a tiempo.

No sirve de nada. Los gritos aumentan y empieza a acelerar. Nos tensamos en los asientos. Miro a mi hija furtivamente y trato de poner cara de tranquilidad, pero creo que me ha salido una mueca extraña.

—Por favor, no te pongas así —le digo.

Estamos en plena autopista y entra derrapando en la gasolinera. Frena y grita:

—¡Bajad!

Cambia de idea, arranca y sigue conduciendo más calmado y en silencio.

El terror de los últimos minutos nos ha dejado congeladas y yo me reprocho haber hecho esa pregunta.

Él

Al llegar a casa estáis muy serias. Os digo que voy a buscar unas pizzas y así mamá no tiene que hacer la cena.

¿Sientes más que miedo a veces? Pavor. ¿Te andas con pies de plomo para que no se enfade? ¿Notas que tu capacidad para resistir se esfuma?

¿Sientes más que miedo a veces? Pavor. ¿Te andas con pies de plomo para que no se enfade? ¿Notas que tu capacidad para resistir se esfuma?

CUIDADO CON EL LENGUAJE DEL CUERPO

Él

> Él estaba en un estado de tensión tal que tenía una expresión similar a las que vemos en las máscaras chinas; no estoy exagerando. No es fácil torturar a la gente. Requiere participación interna.
>
> (Mangakis, *Letter to Europeans*)

Estamos pasando la tarde en la piscina de la comunidad. Las niñas se bañan y tú las vigilas, sentada con tu amiga con los pies en el agua. Yo hablo con un vecino y las niñas, como locas, gritan, juegan y os animan a que os metáis en el agua. Te lanzas y empiezas a perseguirlas. Se lo están pasando de miedo. El vecino se ha ido un momento y, en ese instante fugaz, te miro, te atravieso mientras disfrutas inconsciente. Son unos segundos. Reacciono rápido y me pregunto si tu amiga se ha dado cuenta y la llamo sonriendo con una boca llena de dientes.

¡Mierda!, se ha dado cuenta.

Ella

> Cuando la pelvis se mantiene hacia adelante, la espalda queda arqueada y caída, y la actitud del individuo se asemeja a la de un perro con el rabo entre las patas. Si una persona mantiene la pelvis en esa posición, se debe a que ha sido maltratada.
>
> ALEXANDER LOWEN

Hoy, AL volver a casa, me he visto reflejada en el escaparate de una tienda de forma fugaz. La silueta recortada en negro, vencida.

Él

Cuanto más encorvada te veo, más ganas me dan de atacarte.

—¡Hola! Ya estoy en casa.

Siempre saludas igual. Saco pecho, mentón hacia arriba, dirigiendo la mirada a un punto fuera de tu alcance. No existes.

55

¿Ha cambiado la postura de tu cuerpo?

MENOS MAL que nuestra protagonista no tenía una suave mata de cabello que enmarcaba su rostro de facciones dulces, porque ahora tendría que decir que lleva una melena despeluchada y luce unas ojeras de mapache.

LOGRAR QUE NO SE DEFIENDA: INDEFENSIÓN APRENDIDA

> Los supervivientes de abusos y de traumas interpersonales violentos a menudo experimentan apatía, disforia, pasividad, decrementos en el desarrollo de tareas básicas y pensamientos generalizados de falta de control sobre futuros eventos (Goodman, Koss, & Russo, 1993). Para entender mejor la etiología de esos síntomas, varios autores (Campbell, 1989; Flannery, 1987) han considerado el papel de la indefensión aprendida. Una teoría desarrollada por Martin Seligman. El constructo de la indefensión aprendida fue originalmente propuesto para explicar el efecto de la exposición previa a un shock ineludible en animales con el consecuente comportamiento pasivo y el fallo para responder bajo diferentes condiciones en las que el escape al *shock* aversivo era posible.
>
> (Gerrity *et al.*, *The Mental Health Consequences of Torture*)

Ella

Había llegado a convencerme de que, aunque en una parcela de mi vida las cosas no fueran bien, podía compensarlo con otras cosas y obtener una satisfacción aceptable, aspirar a la tranquilidad. No es así. En cualquier momento no sabré descifrar por qué me mira con esa cara de furia o de frialdad altiva, haré algo que le molestará o lo hará alguien, pero no se lo dirá. Él ya me tiene a mí; yo tengo todos los números de esta lotería furiosa.

Él

No importa lo que hagas, es imposible que aciertes, precisamente se trata de eso.

¿Estás siempre en tensión y, a la vez, sientes que no puedes hacer nada para evitar el ataque?

CONSEGUIR QUE EL ENEMIGO SEA SU PROPIA MENTE Y DESPOSEERLO DE TODA CREDIBILIDAD. CONSEGUIR, INCLUSO, SER CONSIDERADO LA VÍCTIMA

La persona que ha sido sometida a un lavado de cerebro vive en un trance, repitiendo el disco grabado en ella por alguien. Afortunadamente, eso también se sabe: tan pronto como la víctima vuelve a las circunstancias normales, el pánico y el discurso hipnótico se evaporan y la persona vuelve a la realidad.

(Meerloo, *The rape of the mind...*)

Ella

No valgo, no puedo, soy fea, nunca podré hacer nada bueno, es tarde para todo.

Una mentira repetida muchas veces acaba por convertirse en una verdad que mi cerebro no discute y acaba por creer. Lo más divertido es que lo ha hecho de tantas formas —la insinuación, la indirecta, la comparación, la metáfora, el rechazo, la burla, el silencio, la mentira, la sutilidad— que tendré en el futuro que quitarme el sombrero y reconocer su maestría.

Él

Soy tan inteligente. Siempre gano; no puedes conmigo. Hoy hemos ido a cenar al pueblo de al lado con unos amigos de la playa. Son las fiestas y las niñas han querido ir al baile; cuando volvemos al coche, nuestros amigos van detrás, las niñas delante y nosotros tenemos que compartir la acera estrecha. Yo te paso un brazo por encima del hombro. Sabía la rabia que te iba a dar. Te has rebelado y te has escurrido como he hecho yo tantas veces. Ellos lo han visto, estaban justo detrás. Todo será culpa tuya; he ganado otra vez.

¿Te pone trampas para que los demás le vean como una víctima de tu comportamiento? ¿Reconoces que cuando una mentira se repite tantas veces nuestro cerebro la adopta como una verdad? ¿Ha conseguido que tu mente te repita sus mensajes?

Este es el toque final de la receta: torturar a alguien y que no se dé cuenta, incluso que llegue a justificarte antes de volverse definitivamente loco, y tú puedas quedar ante los demás como un mártir de la locura que has provocado. Redondo.

PROBLEMAS CON LA RECETA

La mayoría de los ingredientes de esta receta, destinados a lavar el cerebro, están descritos por Biderman (véase la tabla 1, p. 79) y han sido profusamente usados contra prisioneros de guerra o enemigos políticos de diversos regímenes en todo el mundo. Asombra comprobar que la mecánica es casi la misma, a excepción de que la víctima en este caso ha de acceder por su propio pie a la prisión y por lo tanto es necesario seducirla previamente.

Ahora que la receta ya está lista y cocinada, vamos a ver que, a veces, el plato, aun bajo las mismas condiciones de cocción, nos sorprende con un resultado distinto al que se había obtenido habitualmente.

TORTURA

La tortura implica una actividad sistemática con un propósito racional. Infligir dolor de manera indeseada y accidental no es tortura. Tortura es infligir deliberadamente daño y no puede ocurrir sin la específica intención del torturador. La extracción de una uña por parte de un cirujano, aunque incómoda, se lleva a cabo pacientemente sabiendo que producirá alivio del dolor y el regreso a la salud normal. En general, si uno cree que la resistencia del castigo físico en la tierra le otorga a uno una corta estadía en el purgatorio y una recompensa celestial más segura después de la muerte, el dolor se puede soportar con gusto. Del mismo modo, si uno tiene fe en una causa como la defensa de la libertad o está comprometido con una lucha revolucionaria, el dolor y la muerte son solo precios que hay que pagar por la victoria. La moral puede estar compuesta de sentimientos de patriotismo, camaradería o justicia, de sentimientos personales de seguridad emocional, odio o agresión hacia el antagonista. Puede estar respaldada por pequeñas cosas: por un rayo de sol, por la comida y el sueño, por las noticias del hogar o, incluso, por relatos de confinamiento solitario, por un vínculo de amor con pequeñas criaturas. Mientras un individuo en una situación de estrés severo y sostenido logre preservar esta moral compensatoria, no se puede decir que haya entrado en la fase de respuesta crónica. El objetivo del torturador es, por lo tanto, erosionar esa moral y destruir cualquier cosa que el individuo tenga para su integridad mental. Esto significa que la víctima debe creer que está siendo torturada antes de que pueda comenzar el estado de estrés excesivo de la tortura; debe creer que el estrés es malévolo.

(Amnesty International, Report on Torture)

Él

Quiero que comprendas por qué te he elegido a ti; eso es lo que más daño te hará. Por eso me siento frente a ti y te lo explico con la tranquilidad más absoluta.

Ella

Ahora lo comprendo, todo el daño ha sido intencionado y le ha producido placer.

62

¿Te resistes a pensar que goza haciéndote daño solo porque es un ser querido y te resulta inconcebible que alguien que nos quiere disfrute haciéndonos sufrir?

¿CONFORT O CORDURA?

El ambiente psicológico en el que nos movemos nos nutre igual que el aire que respiramos y el agua que bebemos.

Polución psíquica es la acumulación de conductas, vivencias y sentimientos disfuncionales, negativos, hostiles y rechazantes. La comunicación retorcida y el abuso de niveles lógicos contradictorios crean estados de confusión y resentimiento que preparan y favorecen la polución psíquica. Pero la fuente principal de este mal es la hostilidad, perversión y contaminante principal en las relaciones interpersonales. La hostilidad es el estado o la actitud persistente de agresión o ataque cuyo principal efecto es causar daño, defensividad y prevención. La hostilidad abierta es fácil de detectar, combatir y contrarrestar. Los verdaderos problemas derivan de la hostilidad encubierta, negada, disimulada o desmentida, expresada a veces de forma tan fina y sutil que nos afecta sin que seamos conscientes de cómo.

Los niños absorben como esponjas el ambiente y las conductas de su entorno y adquieren hábitos contaminantes que los convierten en vectores de desgracia toda su vida.

Después de la hostilidad el segundo sentimiento contagioso es la depresión, entendido como falta de ilusiones y proyectos, desánimo, apatía, sensación de ineficacia, pesimismo y tristeza. Las familias que frustran sistemáticamente las aspiraciones de sus miembros o no les permiten la planificación y el logro de sus fines generan un gran número de respuestas depresivas individuales que van estructurando una atmósfera grupal homogénea. Una vez establecida la cultura depresiva, la vivencia se extiende por ejemplo y contagio a los demás. La ausencia de metas es otra fuente de depresión colectiva. En el entorno familiar la vivencia de desánimo suele iniciarse por uno de sus mentores, que ventila internamente experiencias de fracaso social, académico o conyugal, generalmente combinando su desmoralización depresiva con muestras de hostilidad pasiva.

Los niños suelen ser un antídoto de ilusión en la familia, por eso es importante no destruir su vitalidad afectiva, dejar abiertas las puertas de su fantasía, ofrecer apoyo y abundante consideración positiva incondicional.

(Rivera, *El maltrato psicológico*)

Ella

¿Dónde está mi madre? Sé que me escucha a medias. Su cabeza está en otra parte; lo noto en sus ganas de hablar. Empezará como siempre: «Tu padre...» y vendrá una retahíla de quejas, de todo lo que le hace o de lo que no le hace, y yo la escucho con paciencia casi siempre. No puedo remontarme a algo diferente. No está; no ha podido estar. Me ha acunado, me ha dado de comer, me ha cantado, me ha preparado bocadillos para los viajes y, sin embargo, tengo la sensación de que siempre faltaba un trozo, un trozo que no estaba conmigo.

¿Dónde está mi madre? ¿Qué le gusta? ¿Quién es? ¿Es solo este ser absorbido que no se da cuenta de lo triste que me hace sentir? Yo sé que me quiere, pero sin alegría.

Ahora yo también estoy rota. Me siento como un muelle que ha dado de sí, descacharrada. Escribo esto sabiendo que he perdido la partida, que más vencida no se puede estar, y, aun así, tengo ganas de revolverme como una culebra cuando es atacada.

Ella

> Si son malos los habitantes del país donde vives, evita su compañía. Si quieren obligarte a que te unas a ellos, abandona el país aunque tengas que ir al desierto.
>
> MAIMÓNIDES

Mi madre eligió confort.

Agarrada a la frase que me ha hecho salir del trance, salgo de casa y elijo el desierto.

¿Piensas que podrás anticipar sus jugadas? ¿Podrás proteger a tus hijos, si los tienes, de esa atmósfera y que no les afecte en

el futuro? ¿Crees que sabes jugar a un juego que lleva años do-
minando?

65

DIAGNÓSTICO: POBRE MUJER

La víctima es atrapada en una situación en la que se manipulan los estreses constantemente para frustrar su necesidad de comportarse con un patrón de comportamiento consistente, aprendido y personal, y de acuerdo a una autoestima correcta. Ambas cosas son necesarias para la protección de la identidad.

(Fazio *et al.*, «Knowledge Does Not Protect...»)

UN PRISIONERO de guerra es una persona, ya sea combatiente o no combatiente, que un poder beligerante mantiene cautiva durante o inmediatamente después un conflicto armado. Cuando es liberado, lógicamente, jamás se le culpa por su debilidad mental o falta de personalidad.

Ella

La doctora me ve entrar, vencida.

—¿Qué te pasa? —me pregunta.

—No he ido a trabajar hoy, doctora. Necesito un justificante.

—¿Por qué no has ido a trabajar?

—No sé quién soy, doctora. Me estoy divorciando, pero no sé quién soy.

La doctora piensa que es el caso típico de divorcio; creía que sería peor. Dice:

—No te preocupes. Tómate el día libre. Debe de ser duro. Retomarás tu vida. Mira, además de tu exmarido, tienes vida. Yo, cuando salgo de trabajar, voy al gimnasio, después estoy con la niña y mi marido, y quedo con las amigas algún fin de semana para ir al cine o salir. Yo tengo mi vida aparte de mi marido y la familia.

La doctora me mira con una cara que expresa lo que está pensando: «No entiendo a estas personas tan dependientes. Hay que tener más personalidad. En fin, ¡pobre mujer!».

Me da el justificante y me estrecha la mano, diciéndome:

—Intenta seguir con el trabajo; te sentirás mejor. Que vaya bien.

—Gracias, doctora.

¿A veces es difícil que los demás se den cuenta de lo que te está pasando porque ni tú misma lo sabes?

FATIGA DE COMBATE

Después de 50 días de combate continuo, los soldados se volvían fácilmente alarmables y confusos, irritables, y sobrerrespondían a los estímulos. Este estado de hiperreactividad era seguido insidiosamente por otro grupo de síntomas referidos como «exhaución emocional» (estar exhaustos emocionalmente). Los hombres se tornaban embotados y apáticos, se convertían en mental y físicamente retardados, estaban preocupados y presentaban una dificultad creciente para recordar detalles. Esto era acompañado de indiferencia y apatía. En tales casos, podía darse un comportamiento extraño y contradictorio.

(Amnesty International, *Report on Torture*)

Ella

Los muelles de mis emociones se han roto. A veces, a duras penas puedo seguir una conversación, mi cabeza no está allí; otras me encolerizo por una nimiedad, lo que me pone en una postura patética que me entristece todavía más. Alelada, torpe, imbécil; ¿alguna vez volveré en mí?

Voy a un psicólogo y me da una pista que me abre el camino al horror. Compruebo en la red que el método que Él ha seguido es un estándar. Eso me hace dormir poquísimo. Voy a trabajar como un vegetal y mi cabeza se desconecta por instantes de lo que tengo que hacer; es cuando más cerca estoy de la locura.

La rabia, la confusión y la tristeza me susurran todos los días que el puente de la autopista está muy cerca, solo a diez minutos caminando, y, sin embargo, hay un momento en el que la voluntad es más férrea que el puente y me dice que no me voy a dejar ganar más.

Un día, mi hija pequeña me dice que deje de llorar, que no puede más. Tiene razón y dejo de hacerlo delante de ellas. Mi hija mayor sale lo más que puede de casa. Hace bien: busca la forma de no naufragar. Me siento culpable; quería darles una familia normal, una vida buena. He fallado.

¿Sientes que pierdes el control con facilidad? ¿Te cuesta concentrarte? ¿Tienes dificultad para recordar cosas? ¿Te despistas más que antes?

SUEÑO

Ella

Comprendo, mientras me estoy divorciando, que, si hago cualquier cosa que vaya en contra de su fachada, me atacará, y me siento muy débil. Esa noche tengo un sueño:

Voy a verle porque he de darle un recado, tengo ganas de verle. Subo por un ascensor que está en pruebas, el ascenso es vertiginoso y me encuentro muy mal, no para de dar vueltas. Cuando llego a la planta, no sé cuál es el piso al que he de llamar. Cuando lo encuentro y sale a recoger el recado, una voz de chica lo llama desde el contestador. Suena confiada y amorosa; siento que a ella también le partirán el corazón. Le doy el recado y cojo otra vez el ascensor vertiginoso en vez de coger el que va bien. Bajo dando vueltas infernales, a gran velocidad. Un incauto que se ha subido grita y gime, pero yo me quedo acostada en el suelo, tranquila aunque lo esté pasando mal. Fatalismo. Si se rompe el ascensor, no pasa nada. Cuando para, nos propulsa en medio de un vestíbulo y hay gente. Yo trato de no darle importancia al incidente, y la gente se ríe y yo me río también aunque no tengo ganas. Se me han salido los dientes postizos con el torbellino del ascensor.

ESTRÉS POSTRAUMÁTICO

El trastorno de estrés postraumático es un tipo de trastorno de ansiedad. Puede ocurrir después de que se haya experimentado un trauma emocional

El trastorno de estrés postraumático (TEPT) es el cambio de la respuesta del cuerpo a una circunstancia estresante. Normalmente, después del evento el cuerpo se recupera. Las hormonas y las sustancias químicas que el cuerpo secreta debido a dicho estrés regresan a los valores normales. Por alguna razón, en una persona con trastorno de estrés postraumático, el cuerpo sigue secretando las hormonas y sustancias del estrés. El trastorno de estrés postraumático puede ocurrir a cualquier edad y aparecer tras hechos como una agresión, un accidente de tráfico, violencia doméstica, desastres naturales, encarcelamiento, agresión sexual, terrorismo o guerra.[*]

Ella

Un golpe de suerte me demuestra que también les ha mentido a otros y no siento rabia; siento alegría. Me ha mentido; miente. Lo he comprobado; no hay neblina ni nebulosa. Alguien lo ha corroborado. No estoy loca, no tengo la culpa, vuelvo en el coche liviana. Mi profesor de termodinámica decía: «Todo hecho experimental que se repite es una verdad».

A partir de ese momento, tengo *flash-backs*. Mi cerebro, él solito, se ha puesto a buscar. Está ávido de encontrar todas las incongruencias y mentiras, y así, de repente, en el momento más inoportuno, me sitúa en un acontecimiento del pasado y me revela el truco, y, por fin, lo comprendo todo mientras siento un atasco en la garganta, un enorme nudo y un agobio infinito. Me cuesta respirar —o eso creo—, voy a tener un ataque de pánico. Intento

---

[*] Extraído de https://medlineplus.gov/spanish/ency/article/000925.htm

pensar que enseguida estaré en la salida de la autopista y podré parar.

¿Tienes síntomas parecidos a estos? ¿Si oyes su voz o aparecen recuerdos o cosas que asocias a esa persona, comienzas a experimentar un malestar intenso?

METAMORFOSIS

Se produce una metamorfosis: el sobreviviente emerge de este trauma alienado de toda la humanidad. Su fe en sí mismo, en otros y en Dios (o en la posible benevolencia del universo) ha sido destrozada. Puede sentirse más parecido a los muertos que a los vivos.

(Gerrity *et al.*, *The Mental Health Consequences of Torture*)

La compresión no cura la maldad, pero es una ayuda definitiva en la medida en que uno puede hacer frente a una oscuridad comprensible.

CARL JUNG

Ella

Por fin he comprendido su lógica. ¿Cómo le voy a hablar a nadie de esto? ¿Me creerían? ¿Comprenderían qué me pasa? Mi mente reconstruye trozos y los escribo a veces en trozos de papel.

Vamos a ver. ¿Se consideraría buena persona a un nazi que fuera un amantísimo padre de familia como muchos lo fueron, pero que fuera responsable de la muerte de miles de personas? Todo el mundo dirá que no, por supuesto. Entonces, si solo destruyes a una persona, pero eres ejemplar con el resto, ¿los demás podrán hacer la vista gorda y considerar que eres buena persona? Por supuesto, sucede, así que me pregunto cuál es el límite de personas que se pueden torturar para seguir siendo considerado un ciudadano ejemplar.

Incluso los propios hijos miramos para otro lado. Preferimos pensar que nuestros padres tienen una relación tóxica; es más cómodo.

Poco a poco voy juntando los trozos, comprendiendo la mecánica de lo que ha pasado. En silencio. Y, al fin, consigo juntarlos con la misma comprensión que casi me volvió loca. Y recupero la calma.

GUINDA

Esto lo saben muy bien los conquistadores de ambos sexos. Una vez que la atención de una mujer se fija en un hombre, es a este muy fácil llenar por completo su preocupación. Basta con un sencillo juego de tira y afloja, de solicitud y de desdén, de presencia y de ausencia. El pulso de esta técnica actúa como una máquina neumática en la atención de la mujer y acaba por vaciarla de todo el resto de mundo. ¡Qué bien dice nuestro pueblo «sorber los sesos»! En efecto: ¡está absorta, absorbida por un objeto! La mayor parte de los «amores» se reducen a este juego mecánico sobre la atención del otro. Solo salva al enamorado un choque recibido violentamente de fuera, un tratamiento a que alguien le obligue.

(Ortega y Gasset, *Estudios sobre el amor*)

Este párrafo de Ortega me dio la idea del tratamiento de choque. Por eso, espero que estas preguntas que hago puedan despertar a alguna persona de su trance y le ayuden a recuperarse a sí misma, ya que la otra alternativa que propone nuestro buen filósofo —un largo viaje para ver las cosas desde fuera y poner tierra de por medio— me saldría carísima. Vale la pena cruzar el desierto.

Un gran abrazo.

ANEXO

TABLA 1. Tabla de coerción de Biderman.[*]

Las variantes de esta tabla cambian en la receta, ya que las de Biderman se han practicado, en diferentes lugares y momentos de la historia, sobre prisioneros de guerra o enemigos políticos.

MÉTODO GENERAL		EFECTOS (PROPÓSITOS)	VARIANTES
1	Aislamiento	Priva a la víctima de todo soporte social, de su habilidad para resistir. Desarrolla una intensa preocupación por sí mismo. Hace que la víctima dependa del interrogador.	Confinamiento completo en solitario. Aislamiento completo. Semiaislamiento. Aislamiento del grupo.
2	Monopolización de la percepción	Fija la atención en la situación inmediata. Fomenta la introspección. Elimina los estímulos que compiten con los controlados por el captor. Frustra todas las acciones que no son consistentes con el cumplimiento.	Aislamiento físico. Oscuridad o luz brillante. Restricción del movimiento. Ambiente estéril. Comida monótona.
3	Debilidad inducida. Agotamiento	Debilita la capacidad mental y física para resistir.	Semiinanición. Hurgar en las heridas para que no se curen. Exposición. Restricciones prolongadas. Interrogatorios prolongados. Privación del sueño. Enfermedades inducidas. Forzar a que escriba (¿confesiones?). Sobreesfuerzo.

	MÉTODO GENERAL	EFECTOS (PROPÓSITOS)	VARIANTES
4	Amenazas	Cultiva la ansiedad y la desesperación.	Amenazas de muerte, de abandono, de interrogatorios sin fin y de aislamiento. Amenazas contra la familia. Amenazas imprecisas. Misteriosos cambios de comportamiento.
5	Indulgencias ocasionales	Procura motivación positiva para la obediencia. Impide que se adapte a las privaciones.	Favores ocasionales. Fluctuaciones en la actitud del interrogador. Promesas. Recompensas por cumplimiento parcial. Tentaciones.
6	Demostración de omnipotencia	Sugiere la futilidad de la resistencia.	Enfrentamiento. Pretender que la cooperación se dé por sentada. Demostrar control completo sobre el destino de la víctima.
7	Degradación	Hace que el costo de la resistencia parezca más perjudicial para la autoestima que la capitulación. Reduce las preocupaciones del prisionero a las meramente animales.	Impedir la higiene personal. Castigos degradantes. Insultos y burlas. Negación de la privacidad. Entornos infestados, inmundos.
8	Hacer cumplir demandas triviales	Desarrolla hábitos de obediencia.	Forzar a que escriba. Hacer cumplir las reglas al instante.

TABLA 2. Estados emocionales creados durante el proceso de lavado de cerebro.*

Los términos *interrogador* e *impersonal maquinaria de control* se refieren a un contexto que no es el mismo que el de la receta, pero, en cuanto a los estados emocionales que aparecen en el curso de lavado de cerebro, son exactamente los mismos en ambos casos.

El orden de los sentimientos que se engendran en el individuo puede variar un poco, pero todos son necesarios para el proceso de lavado de cerebro.

1	Sensación de indefensión al tratar de lidiar con una impersonal maquinaria de control.
2	Reacción inicial de sorpresa.
3	Sentimiento de incertidumbre sobre lo que se requiere de él.
4	Sentimiento creciente de dependencia del interrogador.
5	Sensación de duda y pérdida de objetividad.
6	Sentimientos de culpa.
7	Actitud que cuestiona sus propios valores.
8	Sentimiento de que está a punto de venirse abajo, por ejemplo, de que puede volverse loco.
9	Necesidad de defender sus principios adquiridos.
10	Sentido de pertenencia (identificación).

* Fuente: Gerrity *et al.*, *The Mental Health Consequences of Torture.*

BIBLIOGRAFÍA CONSULTADA

Amnesty International. *Report on Torture.* Duckworth asociado con Amnesty International Publications, 1973.

Fazio, L. K., Brashier, N. M., Payne, B. K., Marsh, E. J. «Knowledge Does Not Protect Against Illusory Truth». *J Exp Psychol Gen*, 2015; 144(5): 993-1002.

Ferster, Ch. B., Skinner, B. F. *Schedules of Reinforcement.* Appleton-Century-Crofts, 1957.

Fromm, E. *The anatomy of human destructiveness.* Holt, Rinehart and Winston, 1973.

Gerrity, E., Keane, T. M., Tuma, F. (eds.). *The Mental Health Consequences of Torture.* Springer Science & Business Media, 2001.

Mangakis, G. *Letter to Europeans*, Index on Censorship, vol. 1, núm. I: 47-58. (https://journals.sagepub.com/doi/pdf/10.1080/03064227208532148)

Meerloo, J. A. M. *The rape of the mind: the psychology of thought control, menticide and brainwashing.* World Publishing Company, 1956.

Mega, L. T., Mega, J. L., Mega, B. T., Harris, B. M. «Brainwashing and Battering Fatigue Psychological Abuse in Domestic Violence». *N C Med J*, September/October, 2000; 61(5): 260-265.

Ortega y Gasset, J. *Estudios sobre el amor.* Revista de Occidente, 1944.

Rivera, L. *El maltrato psicológico.* Publicaciones Altaria, 2011.

Vaknim, S. *Malignant Self Love: Narcissism Revisited.* Narcissus Publications, 1999.

Williams, K. D., Forgas, J. P., Von Hippel, W. *The social outcast, Ostracism, Social Exclusion, Rejection and Bulling.* Taylor & Francis Group, 2005. (https://www.purdue.edu/uns/html3month/2005/050727.Williams.exclusion.html)